Mademoiselle se marie
7
Megumi Hazuki
KAZÉ
SHÔJO

Mademoiselle se marie

ISBN : 978-2-82030-503-9

COSPLAY MADEMOISELLE SE MARIE
CHAPERON ROUGE TOWAKO (FT LOUP YÛGA)
Mademoiselle se marie
INDICE DE BONHEUR 40

RÉSUMÉ

TOWAKO GOKURAKUIN EST UNE JEUNE FILLE DE BONNE FAMILLE.
ELLE ÉPOUSE YÛGA TAKATÔ, SELON LES COUTUMES DE SA FAMILLE. ♪
AU LYCÉE, YÛGA ET TOWAKO GARDENT LEUR UNION SECRÈTE, MAIS CELA ENTRAÎNE DE NOMBREUX INCIDENTS ! TOWAKO SE FAIT MÊME ENLEVER ! LE KIDNAPPEUR SE RÉVÈLE ÊTRE L'ONCLE DE TOWAKO, DONT SA FAMILLE AVAIT PERDU LA TRACE. À L'ISSUE DE CETTE ÉPREUVE, LE LIEN ENTRE LES JEUNES ÉPOUX SE TROUVE RENFORCÉ. ♥
DE SON CÔTÉ, SETSUNA ACCEPTE DE RENCONTRER LA FIANCÉE QUE VEULENT LUI PRÉSENTER SES PARENTS. CHAMBOULÉ, IL SERRE TOWAKO DANS SES BRAS ET LUI FAIT SES ADIEUX.

POUR EN SAVOIR PLUS,
MERCI DE LIRE *MADEMOISELLE SE MARIE* VOL. 1 À 6 !!

LES COUTUMES DE LA FAMILLE GOKURAKUIN

- LES HÉRITIERS DOIVENT ÉPOUSER LE JOUR DE LEURS 18 ANS UNE PERSONNE DU SEXE OPPOSÉ NÉE LE MÊME JOUR, LA MÊME ANNÉE ET À LA MÊME HEURE QU'EUX !!
- L'HÉRITIÈRE DOIT PASSER LE RESTE DE SA VIE AVEC CELUI À QUI ELLE OFFRE SA VIRGINITÉ, MÊME S'IL NE S'AGIT PAS DE SON FIANCÉ.
- SE COUCHER À 21 H.

ETC.

ALORS ...
ON RESTERA TOUJOURS ENSEMBLE ...
GRANDE SŒUR !
TU ES MON PETIT FRÈRE ...
ALORS, TU NE T'ÉLOIGNERAS JAMAIS DE MOI ...
MON PETIT FRÈRE AUX TRAITS DÉLICATS ...
N'EST-CE PAS ?

AU REVOIR.
LES ADIEUX, CE N'EST PAS POUR NOUS.

SE-TSUNA.
AI-JE ...
AI-JE FAIT QUELQUE CHOSE DE MAL ?

SE-TSUNA.
QU'AI-JE FAIT...
POUR QUE TU ME DÉTESTES ?
GRANDE SŒUR... UN JOUR, TU M'AS DIT...
"YÛGA N'EST PAS LÀ.
MAIS JE NE SUIS PAS TRISTE, PARCE QUE TU ES LÀ, SETSUNA."
AUJOURD'HUI, YÛGA EST À TES CÔTÉS, ET LE RESTERA.

DÉSOR-
MAIS...
TU N'AS PLUS BESOIN DE MOI.

...
RAH...
ÇA ME TRACASSE.
CRAC
TIP

MON-SIEUR...
VOTRE ÉPOUSE EST DE RETOUR.
DOOM
"Sad●ko" ?!
QUOI ?
LEVER DE RIDEAU☆
MAIS... QU'EST-CE QUI T'ARRIVE ?
T'es flippante.

QU'EST-CE QUI SE PASSE ?
...
SE-TSUNA...
M'A DIT "AU REVOIR".
COMME TU ES À MES CÔTÉS, YÛGA...
IL A ESTIMÉ QUE JE N'AVAIS PLUS BESOIN DE LUI, DÉSORMAIS.

JUSQU'À PRÉSENT ...
J'AI BEAUCOUP COMPTÉ SUR SETSUNA.
JE LUI DISAIS : "JE SUIS TA GRANDE SOEUR, JE RESTERAI PRÈS DE TOI."
EN RÉALITÉ, C'EST MOI QUI AVAIS LE PLUS BESOIN DE LUI.
SETSUNA LE SAVAIT.
ET IL EST RESTÉ À MES CÔTÉS PENDANT TOUT CE TEMPS, SANS RIEN DIRE.

DANS LES FAITS, C'EST MOI ...
QUI ME SUIS ÉLOIGNÉE DE LUI.
JE SUIS VRAIMENT ÉGOÏSTE.
QUAND J'ÉTAIS SEULE, JE LE RETE-NAIS À MOI.
DÈS QUE ÇA N'A PLUS ÉTÉ LE CAS, JE L'AI DÉLAISSÉ.

JE L'AI LAISSÉ SEUL...
SE-TSU-NA ...
GRAB
ぎゅ

...
POUSSE
POUSSE
QUOI ?
Ça te déplait ?
J'AI... J'AI L'IMPRESSION QUE C'EST MAL ...
QUE JE ME FASSE CÂLINER DANS CE CONTEXTE.
GRAB!!
ÇA VA.
C'EST MOI QUI AI ENVIE DE LE FAIRE.
TU ES À MOI.
ALORS LAISSE-MOI FAIRE CE QUE JE VEUX.

C'EST BIEN COMME ÇA.
MOI...
JE SUIS ENTOURÉE PAR TANT DE GENTILLESSE.
SETSUNA A ÉTÉ SI BIENVEILLANT AVEC MOI JUSQU'ICI.
AI-JE PU LUI RENDRE UN PEU DE GENTILLESSE EN RETOUR ?
MÊME SI J'Y PENSE, MAINTENANT...
JE NE SUIS PLUS CAPABLE...
"AU REVOIR."

ÉCOLE DES SERVITEURS IWAKAGAMI
DE RENDRE SETSUNA HEUREUX.
DOOOM
HAAAA...
...
BOM
C'EST DANGEREUX DE PENSER À AUTRE CHOSE EN MARCHANT.
SI TU L'AVAIS VU, TU AURAIS PU ME PRÉVENIR.
Poteau électrique

...
C'EST M. SETSUNA QUI TE TRACASSE ?
...
MOI ...
JE SAVAIS QUE Mme TOKIKO ÉTAIT EN CONTACT AVEC LES YACHIÔGI.
C'est Utsugi et Tsubaki !!
Tu crois qu'elle l'embête encore ?
MAIS J'IGNORAIS QU'ON EN ARRIVERAIT À UNE TELLE SITUATION.
JE N'AI RIEN PU FAIRE.
ET JE NE SAIS TOUJOURS PAS...
COMMENT FAIRE POUR ALLÉGER LA PEINE DE M. SETSUNA.
JE SUIS POURTANT SON SERVITEUR ATTITRÉ.
JE SUIS LE PLUS PROCHE DE LUI ...

MAIS JE NE PEUX RIEN FAIRE.
MPFH !
GRIP
BAM
?!!
FU... FUHAHI ?
TU ES VRAIMENT, VRAIMENT STUPIDE.

EN PLUS, TU TE MÊLES DE CE QUI TE REGARDE PAS ET T'ES TROP COMPLAISANT.
PIQUE
OURGH...
APRÈS, TU N'ASSUMES PAS ET TU PLEURNICHES. C'EST NUL.
SNIF...
CESSE DE PLEU-RER.
PIQUE
TU TE TROMPES EN IMAGINANT QU'UN SERVITEUR PEUT FAIRE QUELQUE CHOSE POUR SOULAGER SON MAÎTRE.
SI TU NE PEUX RIEN FAIRE, NE FAIS RIEN !
RESTE AUPRÈS DE TON MAÎTRE EN SILENCE.
C'EST ÇA, NOTRE RÔLE.
HM...
V'OUI...

...
BOM
AÏE ! MAIS POURQUOI ?
PARCE QUE TU M'ÉNERVES.
PLEURE ENCORE ET JE TE TAPE.
Merci, Tsubaki.
... AUJOURD'HUI...

NOUS SOMMES SAMEDI.
ソワ ソワ ソワソワ
VIUUUUU
VIUUUUU
ソワ ソワ ソワ ソワ
RESTE TRAN-QUILLE.
TAC
MAIS ...
AUJOURD'HUI...
OH, MAIS ENTREZ DONC !
SOYEZ LES BIENVE-NUS.
YACHIÔGI
KIMONO
NOUS VOUS REMER-CIONS D'ÊTRE VENUS DE SI LOIN.

JE SUIS ZENZÔ, LE CHEF DE LA FAMILLE YACHIÔGI.
ET VOICI KINUYO, MA FEMME.
IL Y A CINQ ANS, MON FILS ET SON ÉPOUSE SONT MORTS DANS UN ACCIDENT DE VOITURE.
ON DIT : "LES VIEUX SOLDATS NE MEURENT JAMAIS, ETC." MAIS REGARDEZ-NOUS...
EN TOUT CAS, RAVIS DE VOUS RENCONTRER.
OH, IL NE FAUT PAS DIRE ÇA !
ENCHANTÉS DE VOUS CONNAÎTRE ÉGALEMENT...
NOUS SOMMES NOBUO ET TOKIKO, LES CHEFS DE LA FAMILLE GOKURAKUIN.
ET LUI, C'EST ...
SETSUNA ! PRÉSENTE-TOI.
SETSUNA GOKURAKUIN.
JE SUIS ENCHANTÉ DE FAIRE VOTRE CONNAISSANCE.
OH ! QUELLE BEAUTÉ !
C'EST BIZARRE DE DIRE ÇA POUR UN HOMME.
JE RECTIFIE ! QUEL GENTILHOMME !
C'est démodé de dire ça.
TU PEUX SIMPLEMENT DIRE "BEL HOMME", CHÉRI.
OUI, C'EST SÛR.
On dit "beau gosse" de nos jours, non ?
HA HA
HA HA HA,
ALLEZ, MIOKO !
PRÉSENTE-TOI AUSSI.

JE ... JE SUIS ...
MIOKO YACHIÔGI ...
JE SUIS ENCHANTÉE DE FAIRE VOTRE CONNAISSANCE.
TU PARLES TROP BAS. ON NE T'ENTEND PAS !
VEUILLEZ L'EXCUSER.
NOUS AVONS TROP COUVÉ LA FILLE DE NOTRE FILS.
ELLE EST EXTRÊMEMENT RÉSERVÉE.
OH ! QUE C'EST CHARMANT !
QUAND ON EST UNE JEUNE FILLE, C'EST PRESQUE MIEUX D'ÊTRE AINSI.
CE N'EST PAS À NOUS D'EN JUGER ...
MAIS VOUS ALLEZ VRAIMENT BIEN ENSEMBLE, TOUS LES DEUX.
C'EST VRAI.
CHERS GOKURAKUIN ...

NOUS SOUHAITONS BÂTIR AVEC VOUS...
DES RELATIONS DURABLES.

Qu'est-ce que tu racontes ? Voyons...
Et puis... bla bla
Donc... bla bla
Ils parlent sans s'arrêter.

COSPLAY MADEMOISELLE SE MARIE
ENTRESINGE EN MATELOT
Mademoiselle se marie
INDICE DE BONHEUR 41

"SES YEUX ÉBLOUISSANTS… NE VOUS LÂCHENT PAS !"
ULTRA SHINY EYE, LA NOUVEAUTÉ DE KANEZO.
HM !
TU ASSURES DIS DONC, CES DERNIERS TEMPS, MIJU.
TU PASSES À LA TÉLÉ.
DIS…

TU ME TROUVES JOLIE, À LA TÉLÉ ?
HEIN ? EUH... OUI.
C'était avant de couper ta frange, non ?
ON PEUT MÊME DIRE QUE JE SUIS BELLE, NON ?! C'EST BIEN LE TERME QUI ME DÉFINIT, N'EST-CE PAS ?!
N'EST-CE PAS, HEIN ?!
GRAOO!!
MOI, JE SUIS ÉBLOUIS-SANTE !!
HEIIIIN ?
QU'EST-CE QUI T'ARRIVE ?
Tu es bizarre, ces temps-ci.
C'EST À CAUSE DE SETSUNA ! IL M'ÉNERVE !!
SE-TSUNA ?
IL DIT QUE JE MINAUDE QUAND JE FAIS MON Shiny ♡ Eye...
IL TROUVE QUE ÇA ME RESSEMBLE PLUS DE DIRE LES CHOSES FRANCHEMENT.
POURQUOI IL ME SORT ÇA ? C'EST UNE VANNE ?
QU'EST-CE QUE ÇA PEUT M'AGACER !!
...

ÇA T'AGACE ?
OUI.
TU ES PRÉOCCUPÉE PAR CE QU'IL T'A DIT ?
OUI.
TOI ?! MIJU ?
Où tu veux en venir, à la fin ?
OUI, ET ALORS ?
ALORS TU ES SÛREMENT...
AMOUREUSE... NON ?
Amour...
avec un grand "A" !

BLUSH かあっ
...
QUOI ?!
TU ROUGIS !! J'AI VU JUSTE !
MAIS NON ! QU'EST-CE QUE TU RACONTES ?
C'EST DONC TON GENRE DE MEC... JE NE M'ATTENDAIS PAS À ÇA.
N'IMPORTE QUOI ! PUISQUE JE TE DIS QUE...
C'EST LA PREMIÈRE FOIS QUE TU ES AMOUREUSE, MIJU ?
JE TE SOUTIENDRAI !
Même s'il n'a pas l'air commode.
PUISQUE JE TE DIS QUE CE N'EST PAS ÇA !!!
LES PAROLES DE SETSUNA...
SONT RESTÉES COMME PLANTÉES DANS MON CŒUR.
"AUJOURD'HUI, YÛGA EST À TES CÔTÉS, ET LE RESTERA."

"DÉSORMAIS, TU N'AS PLUS BESOIN DE MOI, GRANDE SŒUR."
CE N'EST PAS VRAI. J'AIMERAIS QU'IL RESTE TOUJOURS AUPRÈS DE MOI.
MAIS...
JE NE FERAI PLUS DE CAPRICES...
C'EST SUFFISANT, MADE-MOISELLE TOWAKO...
AH!
YÛGA !
FAISONS UNE PAUSE THÉ. ♡
HUM.

TU EN AS TROP FAIT !
Je ne pourrai jamais tout manger.
Il en reste encore plein. ♡
HU HU ! ♡
QUE FAIS-TU ?
Tu étudies ?
JE PRÉPARE LE PROCHAIN COURS ET JE FAIS MES DEVOIRS.
LES AUTRES NE SE DONNENT PAS TANT DE PEINE MAIS MOI, JE SUIS BOURSIER.
OH !
...
COL LÉE
TU FAIS QUOI ?
JE M'Y METS AUSSI. ♡
TSUBAKI, APPORTE-MOI MON CAHIER ET MON LIVRE.
OUI.
JE TE TROUVE TROP PRÈS DE MOI.
DIS DONC ! TOI, TU ME TOUCHES BIEN MÊME QUAND JE REFUSE.

C'EST TOI QUI M'AS DIT L'AUTRE FOIS…
Oh ben, t'exagères !
Ce n'est pas le moment. Ça me déconcentre… ça me perturbe.
QUE J'AVAIS LE DROIT DE TE DEMANDER DE ME CÂLINER.
ÊTRE PRÈS DE YŪGA ME RASSURE.
…
TANT QU'À FAIRE, VIENS TE COLLER À MOI LA NUIT.
LA NUIT ?
…
Là, je vais atteindre mes limites.
JE ME DIS QUE MA PLACE EST À SES CÔTÉS.
SETSUNA …
LA SEULE CHOSE QUE JE PEUX FAIRE POUR TOI, C'EST PRIER.

J'ESPÈRE QUE TU TROUVERAS TA PLACE, TOI AUSSI.
...
SILENCE

...
SETSUNA ! CELUI-LÀ, ALORS !
IL N'A PAS OUVERT LA BOUCHE DEPUIS TOUT À L'HEURE !!
CURIEUX
QU'ATTEND-ELLE ? LÈVE LA TÊTE, MIOKO ! C'EST MALPOLI.
JE N'IMAGINAIS PAS QU'ELLE ÉTAIT SI RÉSERVÉE...
FRSH
!
IL Y A QUELQU'UN ?
AH...

FRSH
KYÔSUKE ...
VEUILLEZ M'EXCUSER.
JE NE VOULAIS PAS VOUS IMPORTUNER.
MAIS NON.
C'est qui ?
SETSUNA ...
JE TE PRÉSENTE MONSIEUR KYÔSUKE KATAGIRI.
C'EST UN ÉTUDIANT QUI VIENT DE TOKYO.
IL SÉJOURNE CHEZ NOUS PENDANT L'ÉTÉ POUR ÉTUDIER LES KIMONOS.
OH ! VRAIMENT ?
JE SUIS SETSUNA GOKURAKUIN. ENCHANTÉ.
ENCHANTÉ.

IL A L'AIR GENTIL.
TANT MIEUX.
...
...
OUI...
JE VOUS LAISSE.
AH...

TU ES AMOUREUSE DE LUI, N'EST-CE PAS ?
MIOKO.
!
OH ! MAIS... JE...
AAAAH !!...
NE T'EN FAIS PAS.
JE SUIS DANS LA MÊME SITUATION QUE TOI.
J'AIME UNE PERSONNE ...
DEPUIS TRÈS LONG-TEMPS.
MÊME SI JE SAIS QUE NOTRE AMOUR EST IMPOSSIBLE.
...

MAIS SI LE TIEN PEUT SE RÉALISER, MIOKO...
NON.
MON AMOUR EST IMPOSSIBLE AUSSI.
KYÔSUKE A SUPPLIÉ MON GRAND-PÈRE POUR SÉJOURNER CHEZ NOUS.
MON GRAND-PÈRE SERAIT FURIEUX D'APPRENDRE QUE JE L'AIME.
ET PUIS ...
JE SUIS LA MIEUX PLACÉE POUR SAVOIR QUE...
KYÔSUKE NE NOURRIT PAS CE GENRE DE SENTIMENTS À MON ÉGARD.
...
OH ! MAIS...

JE N'AI PAS ACCEPTÉ NOTRE RENCONTRE PAR DÉPIT.
EUH...
MES GRANDS-PARENTS SE SONT SI BIEN OCCUPÉS DE MOI DEPUIS LA MORT DE MES PARENTS...
J'AVAIS ENVIE DE LES RASSU-RER SUR MON AVENIR.
TU LE SAIS PROBA-BLEMENT, MAIS...
LES GOKURAKUIN NE SONT PAS MES PARENTS BIOLOGIQUES.
...
ON SE RES-SEMBLE ...
TOUS LES DEUX.

ON N'ENTEND PAS CE QU'ILS DISENT...
MAIS ILS ONT L'AIR DE S'ENTENDRE. ♡
PAISIBLE
C'EST VRAI.
KYÔ-SUKE A SÛREMENT DÉTENDU L'ATMOS-PHÈRE.
JE CROIS QUE ÇA VA BIEN SE PASSER.
...
CE SOIR, NOUS DORMONS CHEZ LES YACHIÔGI. ♡
COMMENT S'EST PASSÉE CETTE RENCONTRE ?
BIEN.
C'EST UNE FEMME RÉSERVÉE. ELLE EST BIEN MIEUX QUE JE L'AVAIS IMAGINÉE.
ALORS ... VOUS ALLEZ VRAIMENT VOUS FIANCER ?

...
PARMI LES GRANDES FAMILLES ANCIENNES, LES YACHIÔGI ONT TOUJOURS FAIT PARTIE DES PLUS RICHES.
CES TEMPS-CI, POUR DES HISTOIRES DE GESTION, ILS ONT PERDU UN PEU DE LEUR SUPERBE.
OUI.
C'EST SÛREMENT POUR CELA QU'ILS SOUHAITENT SE LIER AUX GOKURAKUIN.
CE N'EST JAMAIS ARRIVÉ QUE DEUX ENFANTS DES CINQ PLUS GRANDES FAMILLES DU JAPON SE MARIENT.
CELA CRÉERA DES LIENS TRÈS FORTS.
LE RÉSEAU DES YACHIÔGI DANS LA RÉGION DU KANSAI PROFITERA AUX GOKURAKUIN.
MONSIEUR SETSUNA.
ALORS, VOUS ALLEZ ...
NE FAIS PAS CETTE TÊTE, UTSUGI.

À MES YEUX…
HORMIS MA GRANDE SŒUR, TOUTES LES FEMMES SE VALENT.
SI CE MARIAGE …
PROFITE AUX GOKURAKUIN ET À MA GRANDE SŒUR, ALORS…
MON-SIEUR SE-TSUNA.
C'EST MINABLE !

!!
VOUS COMPTEZ VOUS MARIER DANS CETTE OPTIQUE ?
VOUS ÊTES... KYÔSUKE.
CELA NE VOUS REGARDE PAS.

PEUT-ÊTRE BIEN, MAIS...
DE NOS JOURS, C'EST IDIOT DE CÉLÉBRER UN MARIAGE DE RAISON.
EN PLUS ...
ELLE SE RETROUVE À ÉPOUSER UN HOMME QUI EN AIME UNE AUTRE !!
...
VOUS... VOUS AIMEZ MIOKO...
...
VOUS SAVEZ ...
CE QUE VOUS VENEZ DE DIRE S'APPLIQUE AUSSI À ELLE.

DANS L'INTÉRÊT DE SA FAMILLE... ELLE VA ÉPOUSER UN HOMME, ALORS QU'ELLE EN AIME UN AUTRE.
VOUS SAVEZ DE QUI JE PARLE, N'EST-CE PAS ?
!!
SI VOUS PENSEZ QU'UN MARIAGE DE RAISON EST IDIOT...
POURQUOI VOUS N'EMPÊCHEZ PAS CETTE UNION ?
?!
MONSIEUR SETSUNA ?!

VOUS N'AVEZ QU'À ME LA PRENDRE…
SI VOUS L'AIMEZ VRAIMENT.

LA SEULE CHOSE QUE JE SOUHAITE...
SI VOUS L'AIMEZ...
VOUS AVEZ SÛREMENT ENVIE QU'ELLE VOUS APPARTIENNE...
ET D'ÊTRE CELUI QUI LA RENDRA HEUREUSE.
C'EST LE BONHEUR DE LA FEMME QUE J'AIME.
MAIS...

MÊME SI CE N'EST PAS MOI QUI SUIS À SES CÔTÉS.
C'EST POSSIBLE SEULEMENT SI ELLE VOUS AIME AUSSI.

ET C'EST VOTRE CAS ...
N'EST-CE PAS ?
FAITES QU'ELLE SOIT HEU-REUSE ...

Ce n'est pas comme Towako. Lui va quitter la maison...
J'ai l'impression de donner la main de ma fille.
SNIF

Mademoiselle se marie
INDICE DE BONHEUR
42

COSPLAY MADEMOISELLE SE MARIE

⑪ TOWAKO EN HÔTESSE DE BAR

C'était plaisant à dessiner.
C'est vraiment de l'imaginaire.
Merci pour cette requête.
Je lui ai ondulé les cheveux.

J'ai reçu de nombreuses requêtes pour l'appel à projet "cosplay" du tome 5. Alors, dans les tomes 7 et 8, j'ai décidé de dessiner des cosplays également dans les pages de titres. ☆ Je compte faire au moins un cosplay par personnage. ♡

J'accepte encore vos requêtes !

YŪGA ...
EST-CE QUE JE PEUX ...
VENIR DANS TON LIT ?

HEIN ?
TCHAC
チャッ
CLAP
パカ
20:53
...
TOURNE
NON. C'EST PAS LA PEINE.
COM-MENT ?!

POURQUOI ?! TU M'AS DIT QUE JE POUVAIS ÊTRE CÂLINÉE ! POURQUOI TU NE VEUX PLUS ?
TAIS-TOI ! DE TOUTE FAÇON, TU VAS T'ENDORMIR À 21 H PÉTANTES, NON ?
J'EN AI ASSEZ DE ME PRENDRE DES VENTS À CHAQUE FOIS !
?
"DES VENTS" ?
JE M'EN FICHE, D'ABORD ! JE PRÉFÈRE DORMIR SEULE ! C'EST PLUS SIMPLE !
GRR
CRAC
BOUH ! MÉCHANT YÛGA !
ÇA PARAÎT PEUT-ÊTRE DÉPLACÉ À UN MOMENT AUSSI CRUCIAL POUR SETSUNA.
MAIS C'EST JUSTEMENT POUR ÇA QUE J'AI ENVIE DE ME RAPPROCHER DE YÛGA …
TU ES TROP CONFIANTE.

HIII !
Comme tu es près !
HMM ...
SMACK SMACK SMACK SMACK SMACK SMACK SMACK SMACK
... ♡
HM ! ♡ ♡
HMM ... ♡ ♡ ♡ ♡ ♡
...
PUAH !

TOWAKO ...
EUH... OUI ?
AS-TU VRAIMENT CONSCIENCE ...
QUE JE SUIS UN HOMME ?
HEIN ?
JUSQUE-LÀ, IL S'EST PASSÉ BEAUCOUP DE CHOSES. J'AI ÉTÉ COMPRÉHENSIF...
MAIS DORÉNAVANT, DÈS QUE J'EN AURAI L'OCCASION ...

JE PASSERAI À L'ATTAQUE.
PASSER À L'ATTAQUE ?
HI!!!!!! !
IL A ÉTÉ COMPRÉ-HENSIF ?

AH !
QU'EST-CE QUE ÇA VEUT DIRE ?
YÛGA ...
JE SUIS DÉSOLÉE DE NE PAS M'EN ÊTRE APERÇUE PLUS TÔT.
DIS ...
TU AS ENVIE D'UN ENFANT, C'EST ÇA ?

HEIN ?
JE SUIS DÉSOLÉE. C'EST VRAI QU'IL EST TEMPS.
ÇA SIGNIFIE QU'ON VA FAIRE "LA CHOSE", N'EST-CE PAS ? AUTREMENT DIT, ON VA FAIRE UN ENFANT !! JE COMPRENDS. J'AI LU QUELQUE PART QU'INSTINCTIVEMENT, LES HOMMES VOULAIENT UNE DESCENDANCE. JUSQUE-LÀ, J'AI PRIVILÉGIÉ SURTOUT NOTRE COUPLE...
BLABLABLA
BLABLA
FLAP
FLAP
ALLONS-Y ! FAISONS UN ENFANT !!
... T'as le droit de dire ça en tant qu'héroïne de la série ?
DFUIT
21h → DONG
DONG
DONG
...
ZZZZ

...
FSST
IL NE S'AGIT PAS DE ÇA.
UN BÉBÉ !!
UN BÉBÉ DE YÛGA E MOI !
LA CRISTAL-LISATION DE NOTRE AMOUR.
BABY
LE MIRACLE DE LA VIE !

C'EST MERVEIL-LEUX !!
ZZZZ
QUAND J'Y PENSE ...
CELA FAIT UN MOIS QUE NOUS SOMMES MARIÉS.
IL S'EST PASSÉ TELLEMENT DE CHOSES. CELA N'A PAS ÉTÉ SIMPLE.
MÊME EN CE MOMENT, JE SUIS INQUIÈTE POUR SETSUNA...
MAIS AVANT TOUT, JE DOIS ME PRÉOCCUPER ...
DE MOI...
ET DE MON MARI...

AINSI QUE DE NOTRE FUTURE FAMILLE...
N'EST-CE PAS ? ♡
HMM...
RLL
HU HU ! ♡
Il est chou. ♡
DANS CE CAS, JE DOIS ME PRÉPARER POUR CETTE CÉRÉMONIE DE L'AMOUR ! ♡ ♡
TSUBAKI, CE SOIR, PRÉPARE LE BAIN PLUS TÔT QUE D'HABITUDE...
ET METS DU SEL DE BAIN QUI REND LA PEAU DOUCE ET QUI SENT BON ! ♡
HIII !
HIII !
Je dois acheter un manuel de puériculture. ♡
BIEN.
CHALALA LALA...
TIENS ! MÈRE ?
Elle m'appelle.
QUE SE PASSE-T-IL ?
UNE...

UNE FUGUE ?!
C'est quoi, ce foin ?
HEIN ? MAIS...
?
QU'EST-CE QUE ÇA VEUT DIRE ?!
PANIQUE
COMMENT ?
PANIQUE
GLOUPS
CLINK
MIOKO, LA FIANCÉE DE SETSUNA ...
ET UN ÉTUDIANT, QUI SÉJOURNE CHEZ LES YACHIÔGI ...
Nous sommes vraiment désolés !
ONT DISPARU EN LAISSANT UNE LETTRE.
ON N'ARRIVE PAS À LES RETROUVER MÊME AVEC LE RÉSEAU D'INFORMATION D'UTSUGI.
Nous partons vivre tous les deux. Ne nous cherchez pas.
Kyôsuke et Mioko
C'EST VRAIMENT LA PANIQUE ICI...

NOUS ALLONS RENTRER À LA MAISON.
OH NON !
SE-TSUNA ...
J'ESPÉRAIS TANT QU'IL SOIT HEUREUX.
VZZ
VZZ
UN NUMÉRO INCONNU ?
?
TIP
ALLÔ ?
HEIN ?
OH ! C'EST TOI, UTSUGI ?

206
QUOI ?!
QUE FONT...
DOM
ど
CES GENS ICI ?!

ATTENDS…
C'EST PLUTÔT À MOI DE VOUS DEMANDER ÇA !!
QUI SONT CES PERSONNES ?!
DOOOM
OÙ ÉTAIS-TU PASSÉE ?
J'AI DORMI CHEZ HIME CAR MAMAN TRAVAILLAIT DE NUIT !
À MON RETOUR, ILS ÉTAIENT ICI !
QU'EST-CE QUE ÇA VEUT DIRE ? JE VEUX UNE EXPLICATION !
Elle ne serait pas mannequin ?
Je l'ai déjà vue.
Oui…
UNE EXPLICATION ?
UTSUGI M'A JUSTE DIT…
POUVEZ-VOUS LES CACHER PENDANT QUELQUE TEMPS CHEZ VOTRE MÈRE, MONSIEUR YÛGA ?
JE NE SAIS RIEN DE PLUS.

MAIS ...
QU'EST-CE QUE ÇA VEUT DIRE ?
TAC
ガタン
HM ...
CHERS MEMBRES DE LA FAMILLE GOKU-RAKUIN ...
JE VOUS PRÉSENTE TOUTES MES EXCUSES !
TCHAC
MI... MIOKO !
TU... TU ES TOWAKO, N'EST-CE PAS ?
J'AI MIS SETSUNA DANS UNE SITUATION TRÈS EMBARRAS-SANTE.
BOBOM
ドキッ

JE DEVAIS ME FIANCER AVEC SETSUNA ...
MAIS IL NOUS A SAUVÉS.
HEIN ?
TE FIANCER ?
TAIS-TOI. TU NE FAIS QUE COMPLIQUER LES CHOSES.
QUOIII ?
MAIS... S'ILS SE FIANCENT... C'EST QUE...
SE-TSUNA VOUS A SAUVÉS ?
TU PARLES DE VOUS DEUX ?

EN EFFET.
SETSUNA A DEVINÉ QUE MIOKO ET MOI ÉTIONS AMOUREUX.
VOILÀ CE QU'IL NOUS A DIT.
"SI VOUS ÊTES VRAIMENT DÉCIDÉS, JE PEUX VOUS AIDER ...
À RESTER ENSEMBLE."
SON PLAN ÉTAIT LE SUIVANT.
MIOKO ET MOI DEVIONS DISPARAÎTRE...
CE QUI AURAIT POUR CONSÉQUENCE D'ANNULER LES FIANÇAILLES.
EN TEMPS NORMAL, LA RELATION ENTRE LES DEUX FAMILLES SERAIT DEVENUE ORAGEUSE...

MAIS SETSUNA DEVAIT PARDONNER NOTRE GESTE.
JE N'AI PAS LE CHOIX.
JE RENONCE À CE MARIAGE.
DIRECT
NOUS SOMMES CONFUS. NOUS NE SAVONS PAS COMMENT NOUS EXCUSER …
NE VOUS EN FAITES PAS. JE NE PEUX RIEN CONTRE DEUX ÊTRES QUI S'AIMENT SI FORT.
MÊME SI LE MARIAGE N'A PAS LIEU, LES GOKURAKUIN SONT DÉSORMAIS EN POSITION DE SUPÉRIORITÉ PAR RAPPORT AUX YACHIÔGI.
EN-SUITE …
IL A IMA GINÉ QU Mme GOKU RAKUIN …
DIRAIT À PROPOS DE NOTRE FUGUE AMOUREUSE …
L'AMOUR AVANT TOUT
Et puis, Setsuna leur a pardonné aussi.
ILS DOIVENT VRAIMENT ÊTRE TRÈS AMOUREUX POUR FUGUER.
VOUS DEVRIEZ LEUR PARDONNER ET ORGANISER LEUR MARIAGE AU PLUS VITE.
Elle l'a vraiment dit.
ALLEZ! ALLEZ!

LE SEUL PROBLÈME RESTANT ...
EST LE CHEF DE LA FAMILLE YACHIÔGI.
JE NE PEUX ACCEPTER QU'UN HOMME QUI A TRAHI MA CONFIANCE ÉPOUSE MIOKO ...
ALORS, LE TEMPS QUE M. YACHIÔGI NOUS PARDONNE ...
NOUS ALLONS DEVOIR RESTER ICI.
VOUSH
POUR-QUOI ?!
SETSUNA PENSE QUE NOUS DEVONS RESTER CHEZ DES PERSONNES QUE NOUS NE CONNAISSONS PAS.
ON NOUS AURAIT TROU-VÉS SI NOUS ÉTIONS ALLÉS NOUS CACHER CHEZ MOI.
On nous ramènerait de force.
QUI PLUS EST, M. SETSUNA NOUS A DIT QU'IL FERAIT EN SORTE DE BROUILLER LES PISTES.
Oui ! J'y tra-vaille.
RAAAH ! SE-TSUNA !!

EN TOUT CAS, NOTRE PLAN DE FUGUE ...
A ÉTÉ ENTIÈREMENT PENSÉ PAR SETSUNA.
SETSUNA ...
ON EST DÉSOLÉS DE VOUS CAUSER DU TORT.
VOUS POUVEZ !! MÊME SI TOUT EST DE LA FAUTE DE SETSUNA !!
Il m'a utilisé !
TAP
TIF
APPEL EN COURS... SETSUNA
POURQUOI PENSE-T-IL D'ABORD AUX AUTRES ?
DRRR
DRRR
QUE RESSENT-IL EN CE MOMENT ?
DRRR
RÉPONDS !!
DRR

DRRRR
!
SE-TSU...
TIP
TÔT TÔT TÔT
...
DOOUN
ずーん
IL A RACCROCHÉ ...
GRR
BIP
ÉTEINDRE LE TÉLÉPHONE
HOP!
!
SETSUNA... POURQUOI ?

SETSUNA A REFUSÉ DE RÉPONDRE À MON APPEL.
CE N'ÉTAIT JAMAIS ARRIVÉ.
QUOI ? VOUS VOUS ÊTES DISPUTÉS ?
Ça vous arrive aussi ?
JE N'EN SAIS RIEN…
C'ÉTAIT SÛREMENT UN PROBLÈME DE RÉSEAU !
JE SUIS DÉSOLÉE. C'EST SÛREMENT À CAUSE DE NOUS…
GRRR
GRRR
OUEEEEEN…
ALORS…
IL ME DÉTESTE À CE POINT ?
GRRR

GRRR
ARRÊTE DE CHOUINER !!
HIII !!
AH ! ÇA M'ÉNERVE VRAIMENT !!
VOUS ÊTES TOUS INDÉCIS ET VOUS MANQUEZ DE CRAN !!
HÉ ! TSUBAKI !
OUI ?

TOWAKO ET MOI, ON VA RENDRE VISITE À SETSUNA, MAINTENANT.
PRÉVOIS UN MOYEN DE TRANSPORT.
TER-RESTRE, SI POS-SIBLE.
BIEN.
?!
YÛGA...
MOI...
JE DOIS DISCUTER AVEC TON FRÈRE ! SINON, JE NE RÉUSSIRAI PAS À ME CALMER.
JE VAIS LUI DIRE D'ARRÊTER DE BOUDER DANS SON COIN.
TOI AUSSI, TU AS DES CHOSES À LUI DIRE, NON ?!

YÛGA ...
D'HABITUDE, TU AGIS DIFFÉREM-MENT.
TU DISCUTES DIRECTEMENT AVEC LES GENS, QUAND IL Y A UN PROBLÈME.
TU LEUR EXPOSES TON POINT DE VUE ET TES SENTIMENTS, NON ?!
...
ALLONS-Y AUSSI.
KYÔSUKE ?!
SI ON ATTEND SANS RIEN FAIRE, ÇA PRENDRA DES ANNÉES...
QUOI ? CE N'EST PAS POSSIBLE !
Vous vouliez rester tout ce temps ?

POUR QUE TON GRAND-PÈRE RECONNAISSE NOTRE UNION AU PLUS VITE ...
JE VAIS ALLER LUI PARLER.
KYÔ-SUKE ...
HÉ ! MIJU !
ALLONS-Y, NOUS AUSSI.
HEIN ?! POURQUOI ?
ÇA NE TE PRÉOCCUPE PAS ?
NON. PAS... PAS SPÉCIALEMENT.
MAIS JE T'ACCOMPAGNE, SI TU VEUX Y ALLER, HIME.
TU TE VOILES LA FACE, C'EST DINGUE !
PFF !! VOUS POUVEZ TOUS VENIR, SI VOUS VOULEZ.

C'EST PARTI !!
QUOI ? UNE LOCOMOTIVE ?
C'EST UNE LIGNE DE CHEMIN DE FER RÉSERVÉE AUX CINQ PLUS GRANDES FAMILLES DU JAPON. ♡
CHEMIN DE FER
Elle traverse le Japon et passe dans le territoire de chaque famille. ☆
J'Y CROIS PAS ...
WAOUH ! C'EST IMPRESSIONNANT !
OUF ! ON NE PREND PAS L'HÉLICO.
AH... YÛGA.

EUH ...
TU ES FÂCHÉ ?
...
OUI.
!!
TU DOIS CESSER ...
DE T'INQUIÉTER INDÉFINIMENT POUR UN AUTRE QUE MOI.

KYÔ-SUKE …
DEPUIS …
QUE TU ES VENU ME CHERCHER HIER SOIR …
J'AI L'IM-PRESSION DE VIVRE UN RÊVE ÉVEILLÉ.
MAIS C'EST BIEN LA RÉALITÉ …
ALORS IL VA FALLOIR QU'ON SOIT FORTS, MAINTE-NANT.
…
MOI AUSSI, J'AI DU MAL À LE CROIRE.

ON SE CROIRAIT DANS UN RÊVE.
TOUT SE PASSE COMME SUR DES ROULETTES.

On a le même !
Élastique
Où on porte la même chose.
Vous avez trouvé ?
Il y a encore une autre scène...

DONNE-MOI MA SERVIETTE.
COSPLAY MADEMOISELLE SE MARIE
YÛGA EN TENUE DE BASKET (PRONONÇANT UNE RÉPLIQUE)
Mademoiselle se marie
INDICE DE BONHEUR
43

YACHIÔGI
GRANDE SŒUR ARRIVE ?!
OUI.
ELLE SE DIRIGE ICI AVEC M. KYÔSUKE, MLLE MIOKO ET LES AUTRES.
VOULEZ-VOUS QUE JE LES EMPÊCHE D'ARRIVER À BON PORT ?
...
NON.
OH ! MONSIEUR YA-CHIÔGI !!

?!
EST-CE QUE ÇA VA ?!
NE VOUS INQUIÉTEZ PAS. C'EST JUSTE UN VERTIGE.
...
J'AI UNE MALADIE CHRONIQUE.
JE NE SAIS PAS COMBIEN DE TEMPS IL ME RESTE À VIVRE. JE SUIS DÉJÀ ÂGÉ.
JE VEUX VITE CONFIER MIOKO ET CETTE MAISON À UN HOMME DE CONFIANCE.
C'EST POUR CELA QUE J'ÉTAIS PRESSÉ.
KYÔSUKE...
EST UN HOMME DE VALEUR COMME IL Y EN A PEU.
IL TRAVAILLE DUR ET ÉTUDIE AVEC SÉRIEUX.
JE SAVAIS QUE MIOKO L'APPRÉCIAIT. J'AVAIS UN ŒIL SUR EUX.
MAIS NOUS NE SOMMES PAS DU MÊME MILIEU.

MAIS VU LA SITUATION ACTUELLE ...
J'AURAIS MIEUX FAIT D'ACCEPTER LEUR AMOUR.
OH !
NOUS SOMMES RAVIS DE L'ENTENDRE !!
...
HEIN ?
TU AS ENTENDU, MIOKO ?
IL EST PRÊT À VOUS PARDONNER !
C'EST VRAIMENT BIEN ! JE SUIS CONTENTE POUR TOI !
EUH... OUI.

MI... MIO...
TOWAKO ?! YÛGA ?! QU'EST-CE QUE ÇA VEUT DIRE ?
DÉSOLÉS DE VOUS SURPRENDRE. MAIS NOUS AVONS TOUS NOS RAISONS...
ET FINALEMENT, NOUS SOMMES VENUS ENSEMBLE. ♡
Mioko nous a fait entrer par un passage secret. ☆
EUH... JE VOUDRAIS...
PRÉSENTER MES EXCUSES À TOUT LE MONDE...
GRAND-PÈRE... GRAND-MÈRE...
JE SUIS SINCÈREMENT DÉSOLÉE.
JE VOUS DEMANDE PARDON !
IL NE SUFFIT PAS DE S'EXCUSER !!
AVEZ-VOUS CONSCIENCE DE CE QUE VOUS AVEZ FAIT ?!
CHÉRI !
C'EST...
C'EST SI...

FLOOOP
MI... MIO !
SNIF... MI... MI...
GRAND ... GRAND-PÈRE !
ARGH !
Il n'arrive pas à parler.
MIOOOO... SNIF !
JE CROIS QUE ÇA VA S'ARRANGER.
TANT MIEUX.
SST
SETSUNA !
SETSUNA ...
JE DOIS ...

JE DOIS VRAIMENT LUI PARLER ...
ATTENDS !
YÛGA ...
GRAP
HÉ !
SE-TSUNA !!
ARRÊTE DE M'IGNORER !!

LÂCHE-MOI.
QUOI ?
CRAC
T'ES SÉRIEUX ?!
TU MÊLES TOUT LE MONDE À TES HISTOIRES ...
ET C'EST COMME ÇA QUE TU RÉAGIS ?!

DE TOUTE FAÇON, JE NE T'APPRÉCIE PAS DEPUIS LE PREMIER JOUR !
TU FAIS TOUJOURS LE BEAU, ET DEVANT TOWAKO, T'ES TOUT MIELLEUX !
ALORS QUE MOI, TU ME RENTRES DEDANS, ET TU ME REGARDES DE HAUT, ALORS QUE TU ES PLUS JEUNE QUE MOI !
TU ES SARCASTIQUE. T'AS DES YEUX DE CHIEN BATTU, UNE SANTÉ FRAGILE ET T'ES UN FILS À PAPA !
ÇA N'A RIEN À VOIR.
PFF...
ET ALORS ? QU'EST-CE QUE ÇA PEUT TE FAIRE ?
NE FUIS PAS.

TU AS DIT QUE TU TE BATTRAIS !
SI TU ABANDONNES LA PARTIE, SOIS CLAIR !
ET CESSE D'INQUIÉTER TON ENTOURAGE !!
SETSUNA...
JE VOUDRAIS...
M'EXCUSER POUR TOUT CE QUE J'AI FAIT.

JE NE TE DEMANDE-RAI PLUS DE RESTER À MES CÔTÉS.
JE NE TE RETIEN-DRAI PLUS À MOI.
JE TE RENDS TA LIBERTÉ.
MAIS LAISSE-MOI M'INQUIÉTER POUR TOI.
CAR TU RESTES ...
MON PRÉCIEUX "PETIT FRÈRE".

MÊME SI TU ME DÉTESTES ...
JE PRIERAI TOUJOURS POUR TON BONHEUR.
C'EST NORMAL. JE SUIS TA "GRANDE SŒUR".
COM-PRENDS ...
QUE TU COMPTES BEAUCOUP À MES YEUX.
...
ON EST FRÈRE ET SŒUR ...
MÊME SI...

JE SAIS QU'ON NE SERA PLUS COMME AVANT.
MOI...
JE SUIS TON PETIT FRÈRE.
ÇA NE CHANGERA JAMAIS, N'EST-CE PAS ?
ÉVIDEMMENT QUE NON !
CE SERA TOUJOURS LE CAS ! QUOI QU'IL ARRIVE DANS LE FUTUR !
...
JE VOIS...
TU AS RAISON.

NOUS SOMMES FRÈRE ET SOEUR.
SETSUNA ...
IL A SOURI EN ME REGARDANT DANS LES YEUX.

TANT MIEUX !!
TOUT LE MONDE !
DÉSOLÉS POUR TOUT CE TRACAS.
POUVEZ-VOUS VENIR ?
TOUT EST DONC RÉGLÉ ?
OUI ! JE VOUS REMERCIE BEAUCOUP !
MON GRAND-PÈRE SOUHAITE-RAIT VOUS REMERCIER ...

HIN !
?!
DOOON
QUOI ?
AÏE !
CE... CE N'EST PAS MOI. C'EST ...
ourage, Miju !

C'EST DOMMAGE QUE TON MARIAGE TOMBE À L'EAU.
DIRE QUE TU VOULAIS ESSAYER D'EN AIMER UNE AUTRE.
DE TOUTE FAÇON, ÇA TE VA BIEN, L'AMOUR À SENS UNIQUE !
AÏE ! J'AI UN PEU EXAGÉRÉ !!
OUUUPS !
...
C'est l'habitude.
TU AS RAISON.
QUOI ?
TU POURRAIS AU MOINS TE FÂCHER.
TOUTE TA VIE ...
TU COMPTES L'AIMER EN JOUANT LE RÔLE DU PETIT FRÈRE ?!

T'ES IDIOT, OU QUOI !?
C'EST UN AMOUR IMPOSSIBLE !!
CELA NE SERVIRA QU'À TE FAIRE SOUFFRIR !!
POURQUOI EST-CE QUE TU TE FÂCHES ?
NE PAS ÊTRE AIMÉE EN RETOUR ...
MOI, JE NE VEUX PAS !
C'EST HORS DE QUESTION !

GRAP
!

?! ...
?!!
MAIS ...
JE N'Y PEUX RIEN.
C'EST PLUS FORT QUE MOI.

TOUT S'EST BIEN PASSÉ.
QUAND CETTE HISTOIRE DE MARIAGE S'EST PRÉSENTÉE, J'AI EU PEUR.
MAIS LE FIANCÉ ÉTAIT VRAIMENT BONNE PÂTE.
AU DÉPART, JE COMPTAIS MÊME EN VENIR AUX MAINS POUR ROMPRE LEURS FIANÇAILLES, MAIS JE N'EN AI MÊME PAS EU BESOIN.
OUI. TOUT ROULE.
ON VA SE MARIER BIENTÔT.

AINSI ...
ON A ÉVITÉ QUE LES YACHIÔGI SE LIENT AUX GOKURAKUIN.
J'AI DÉJÀ CERNÉ LE SYSTÈME DE GESTION ET LES CIRCUITS DE DISTRIBUTION DES YACHIÔGI.
EN ME MARIANT, JE PRENDRAI PLACE À LA TÊTE DE LA FAMILLE.
JE POURRAI GÉRER LEUR FORTUNE COMME BON ME SEMBLE.
J'AI HÂTE D'ENTENDRE TON RAPPORT, AUSSI.
OUI, BIEN SÛR.
JE TE FAIS CONFIANCE.
SINON, JE NE POURRAIS PAS FAIRE TOUT CELA.

JE SUIS VRAIMENT RAVIE POUR MIOKO ET KYÔSUKE.
TATAK
TATAK
M. YACHIÔGI ÉTAIT VRAIMENT NAVRÉ POUR LES GOKURAKUIN ...
QUAND DEUX ÊTRES QUI S'AIMENT S'UNIS-SENT ...
C'EST QUAND MÊME BEAU ! ♡
...

PASSONS À LA SUITE

SMACK
YÛ... YÛGA ?!
...
...
TOWAKO ...
HEIN ?
EUH... OUI ?

AS-TU ENVIE...
D'AVOIR UN ENFANT DE MOI ?
?!!

AAAAAH—!
Chacune pour des raisons différentes.

COSPLAY MADEMOISELLE SE MARIE
SETSUNA EN VAMPIRE (ET UTSUGI CROISÉ AVEC UN CHAT)
Mademoiselle se marie
INDICE DE BONHEUR 44

"AS-TU ENVIE...
D'AVOIR UN ENFANT DE MOI ?"
...

OUI...
DIRECTE
...
Bien sûr.
AH ...
AH BON ...
?
...
DIS-MOI.
TU SAIS COMMENT ON FAIT UN BÉBÉ, N'EST-CE PAS ?

ÉVIDEMMENT !
DANS L'ORGANE DE REPRODUCTION DE LA FEMME, LE SPERMATOZOÏDE FÉCONDE L'OVULE. ENSUITE, L'OVULE SE NICHE DANS L'UTÉRUS ET DEVIENT UN EMBRYON...
JE VOIS. UN VRAI COURS DE SCIENCES NATURELLES !
MÈRE M'A DIT QUE POUR LES DÉTAILS, IL FALLAIT LAISSER FAIRE L'HOMME.
HAA...
SÉRIEUX ?
Je m'en doutais.
IL PARAÎT QUE C'EST TRÈS DOULOUREUX.
MAIS JE FERAI DE MON MIEUX.
CAR C'EST POUR NOTRE PRÉCIEUX BÉBÉ ! À TOI ET À MOI, YÛGA !

?
IL NE DIT PLUS RIEN.
IL EST GÊNÉ ?
JE N'AI PAS CHERCHÉ À COMPRENDRE...
LE SILENCE DE YÛGA...

CAR J'ÉTAIS PERSUADÉE QUE...
YÛGA ÉTAIT DANS LE MÊME ÉTAT D'ESPRIT QUE MOI.
HÉ ! REGARDEZ LES FILLES !
QU'EST-CE QU'ELLE EST CANON, GOKU-RAKUIN !
LES NENETTES SEXY, C'EST BIEN. MAIS LES FILLES SOIGNÉES, C'EST ENCORE MIEUX !!
EN PLUS, ELLE A DE GROS LOLOS.
C'EST CLAIR !! ILS SONT ÉNORMES !
C'EST DOMMAGE QU'ELLE N'ÉTAIT PAS ENCORE LÀ QUAND ON AVAIT NATATION.
C'est trop tard... Ha ha ! Quel vicieux !
VUAAAM

OUPS ...
MA MAIN A GLISSÉ.
VRAIMENT ?!
HÉ ! NE SOIS PAS SI ÉNERVÉ !
Il ne s'est pas déjà passé un truc similaire, avant ?
MÊME SI JE COMPRENDS QUE C'EST RAGEANT QUAND D'AUTRES MECS RELUQUENT TA PETITE AMIE.
OUAIS ! OUAIS !
POM
DE TOUTE FAÇON, CELUI QUI COUCHE AVEC ELLE, C'EST TOI, NON ?

DOOOOn
OH ... HEIN ?
NON ?!
VOUS 'AVEZ EN-CORE RIEN FAIT ?
SÉRIEUX ?
AH BON ? VRAIMENT ?
PFFF...
TOI, ALORS ...
Tu es pourtant sorti avec beaucoup de filles.
C'EST VRAI QU'ELLE A L'AIR CHASTE.
PFFFFF...
HÉ ...
JE VOIS ...
TU PRENDS SOIN D'ELLE.

EN GROS, ELLE FAIT CE QU'ELLE VEUT DE TO HEIN ?
AUCUNE FILLE N'AVAIT JAMAIS RÉUSSI À TE DOMPTER !
ÇA CHANGE ...
HI HI
LA...
LA FERME !
C'est trop mignon !
Il n'a pas nié.

"MAIS JE FERAI DE MON MIEUX.
CAR C'EST POUR NOTRE PRÉCIEUX BÉBÉ ! À TOI ET À MOI, YÛGA !"
UN ENFANT...

DING
DONG
SAHO !
SI ON ALLAIT FAIRE UN TOUR AVANT DE RENTRER CHEZ NOUS ?
DÉSOLÉE. AUJOURD'HUI, J'AI UNE LEÇON.
OH ! D'ACCORD.
ON REMET ÇA À DEMAIN.
DERRIÈRE TOI.
PROPOSE-LUI !
HEIN ?
J'AI UN MAUVAIS PRESSENTIMENT.
CLING
CLING
CLING
Non ! Pourquoi avec elle ?
Je suis partante Sawaguchi ! Où pourrions-nous aller ?
FFF...
SALUT.

PARFOIS, MIZUNO RENTRE TRÈS VITE CHEZ ELLE.
ELLE SUIT BEAUCOUP DE COURS PARTICU-LIERS ?
Tu rentres aussi directe-ment chez toi.
OUI. C'EST UNE DEMOISELLE DE BONNE FAMILLE.
LE PÈRE DE SAHO SE PRÉSENTE AUX ÉLECTIONS.
MIZUNO
J'IMAGINE QUE VOUS VOUS POSEZ DES QUESTIONS SUR LE JAPON ACTUEL.
J'AIME-RAIS VOUS PRÊTER MAIN-FORTE ...
AH...

JE REGARDAIS.
ÇA NE SERT À RIEN DE VOIR ÇA.
POURQUOI ? C'EST TON PÈRE.
JE N'AI PAS ENVIE DE PENSER QU'IL EST MON PÈRE.
CE QUI COMPTE POUR LU C'EST D GAGNER L'ARGEN ET PRÉ- SERVER LES APPA- RENCES
POUR LES ÉLECTIONS, JE SUIS SÛRE QU'IL FAIT DES TRUCS CRAPULEUX DANS L'OMBRE.
QUAND J'AURAI FINI LE LYCÉE, JE QUITTERAI CETTE MAISON.

TU DIS ÇA, MAIS TU ES INCAPABLE DE VIVRE SEULE.
SI TU ES LÀ MAINTENANT, C'EST GRÂCE À L'ARGENT SALE DE TON PÈRE.
TU DIS AVOIR CHOISI UN LYCÉE PEU PRESTI-GIEUX POUR MONTRER TON OPPOSITION À TON PÈRE.
MAIS C'EST LUI QUI PREND EN CHARGE TES FRAIS DE SCO-LARITÉ.
SI TU T'EN VAS, QUI PAIERA TON LOYER ? QUI SERA TON GARANT ?
TU AS ENVIE D'ALLER À L'UNIVER-SITÉ, NON ?

...
RITSU ?
HIN...
TU N'AS QU'À COMPTER SUR TON PÈRE.
QUEL MAL Y A-T-IL À UTILISER DE L'ARGENT SALE ?
TE REBELLER NE T'APPORTERA RIEN.
TAP
ÊTRE NÉE DANS UNE FAMILLE FORTUNÉE ET PUISSANTE ...
FAIT PARTIE DE TA "FORCE", SAHO.
IL FAUDRA

ET IL FAUT UTILISER CETTE FORCE.
...NNEZ-MOI VOTRE VOIX.
JE FERAI DE MON MIEUX POUR SERVIR LE PEUPLE.
RITSU ...
OH !
SAHO ! TU AS VU L'HEURE ?
HEIN ?
AH !
TU DOIS TE DÉPÊCHER.
SINON, TU VAS TE FAIRE DISPUTER ...

PAR LE PROFES-SEUR RENJÔ.
SETSUNA DÎNE AU CENTRE DE SOIN.
IL N'EST PAS VENU CE MATIN NON PLUS.
LES GOKURAKUIN PRENNENT LEUR REPAS ENSEMBLE À LA DEMEURE PRINCIPALE.
D'habitude
Centre de soin
Annexe
C'est relié
Demeure Principale

IL EST PEUT-ÊTRE DÉPRIMÉ QUE SON MARIAGE SOIT TOMBÉ À L'EAU ?
JE ME FAIS DU SOUCI ...
...
ON N'A PAS DIT AUX PARENTS QUE L'IDÉE DE LA FUGUE ÉTAIT DE SETSUNA.
NE... NE T'INQUIÈTE PAS.
C'EST SÛREMENT POUR ÇA QU'IL N'OSE PAS VENIR ICI.
TU ES AU COURANT DE QUELQUE CHOSE, TOWAKO ?
HEIN ?
EUH... C'EST-À-DIRE QUE ...
CES LÉGUMES MACÉRÉS AU VINAIGRE SONT DÉLICIEUX !
HAM HAM
TIENS ? TU AIMES LES LÉGUMES VINAIGRÉS, MAINTENANT ?
EUH... UJOUR- 'HUI, JE TROUVE CELA ARTICU- ÈREMENT BON !

OH ! AU
FAIT !
MÈRE...
J'AI UNE QUESTION À TE POSER.
OUI ? DE QUOI S'AGIT-IL ?
C'EST À PROPOS DES BÉBÉS...
GLOUPS
JE DOIS LUI DEMANDER COMMENT SE PASSE UN ACCOUCHEMENT !!
!
ARGH

KOF
AGH !
QU'EST-CE QUI T'ARRIVE ?
KOF
CE...
CE N'EST RIEN... KOF
DÉSOLÉE...
ÇA VA ?
KOF
...
KOF KOF
J'AI MANGÉ TROP VITE.
OH NON ! JE ME SUIS ÉTOUFFÉE !
ALORS QU'ON PARLAIT D'UN SUJET IMPORTANT !
TOWAKO...

OH ! MÈRE... JE SUIS DÉSOLÉE ...
MA CHÉRIE ...
TU ES ENCEINTE, N'EST-CE PAS ?!

HEIN ?!
OH ! C'EST MERVEILLEUX ! MERVEILLEUX ! PRÉPARONS UN REPAS DE FÊTE !
EUH... MÈRE...
NOUS N'AVONS PAS ENCORE ...
QU'EST-CE QUE TU RACONTES ? TU TE METS À APPRÉCIER LES PLATS VINAIGRÉS ET TU AS DES NAUSÉES.
ET PUIS VOUS DORMEZ ENSEMBLE AVEC YÛGA, NON ?
HEIN ?
C'EST VRAI QUE NOUS DORMONS DANS LA MÊME PIÈCE.
IL NOUS EST MÊME ARRIVÉ DE PARTAGER LE MÊME LIT.
MAIS JE N'AI JAMAIS EU MAL ...
CELA ARRIVE QUE ÇA NE SOIT PAS DOULOUREUX !
FLAAASH
VOTRE AMOUR A CRÉÉ LA VIE !!

OH…
VRAIMENT ?!
BLUUUSH
…
CLAP
CLAP
CLAP
C'est formidable ! Félicitations, Towako ! Je vais être grand-mère !
Hein ? Mais …
C'EST QUOI, CETTE AGITATION ?
ÇA VA, TOWAKO ?
OH ! YÛGA ! TOUTES MES FÉLICITATIONS !
TU VAS ÊTRE PAPA !!

HEIN ?
C'EST VRAI OU PAS ?
GNÉ ? KWÉ ?
JE SUIS EN-CEINTE ?
TAC
ALLEZ ! SI C'EST LE CAS ...
SELON LA COUTUME DE LA FAMILLE GOKURAKUIN, ARTICLE 267 "LA GROS-SESSE" ...

VOUS DEVEZ ...
H!!!
VOUS RENDRE SUR INUKOJIMA, L'ÎLE DU PETIT CHIEN, POUR PRIER ET AVOIR UN ACCOUCHEMENT FACILE !!
DU CHIEN ?
PAR-DON ?

C'est incroyable ! Moi, Megumi Hazuki, j'ai fait le design de plusieurs yukata !!
C'est un superbe projet en partenariat avec la société Kaga Yûzen.
C'est grâce à la société Net-clay qui produit le logiciel "Hanaemaki", chargée des motifs des illustrations de couverture, et aussi grâce à Mlle Erika qui a confectionné le yukata (larmes). Du coup, j'en ai fait porter à Towako ! Je vous renvoie aux chapitres 45 et 46. Pour les assistantes, ça avait l'air d'être à la fois plaisant et dur à dessiner. Désolée.
Ces yukata sont en vente !
Vous pouvez les acheter par correspondance !

Pour plus de détails, voir le site ci-dessous ↓↓↓

http://manga-dressup.net/

Ce sont des motifs et des matières qui peuvent être portés en tant que kimono.
Je n'imaginais pas qu'un jour, je pourrais faire une chose pareille.
Je suis heureuse !

Je remercie les personnes qui ont participé à ce projet !!

COSPLAY MADEMOISELLE SE MARIE
RENJÔ AVEC UN TABLIER
menu
drink
Mademoiselle se marie
INDICE DE BONHEUR
45

OFFICE DE TOURISME INUKOJIMA
DOOM
TEMPLE INUK
AUBERGE INUKO
DODOOOM
POUR UN ACCOUCHEMENT FACILE
ACCOUCHEMENT FACILE
AMULETTE
*600 YENS
*600 YENS = ENVIRON 5,6 EUROS.
...

IL...
IL Y A DES CHIENS PARTOUT ! CETTE ÎLE PORTE BIEN SON NOM !
LE CHIEN EST SYMBOLE D'UN ACCOUCHEMENT FACILE. ALLONS VITE FAIRE NOTRE PRIÈRE.
HÉ !
JE N'AI PAS LE SOUVENIR DE T'AVOIR MISE ENCEINTE.

...
AH...
VRAIMENT ?
C'EST VRAI QUE NOUS NOUS SOMMES LAISSÉ ENTRAÎNER PAR MA MÈRE, MAIS...
HÉ HÉ !
NOUS N'AVONS PAS EU NOTRE MOT À DIRE...
ALLEZ-Y !! VITE !!
IDIOTE !!
POURQUOI TU ME TRAITES D'IDIOTE ? MOI, J'AI VRAIMENT PENSÉ QUE J'ÉTAIS PEUT-ÊTRE ENCEINTE !
ET PUIS D'ABORD, TOI AUSSI, TU ES VENU, YÛGA !!
COMMENT VEUX-TU QU'UN HOMME ORDINAIRE COMME MOI RÉSISTE AU DYNAMISME DE TA FAMILLE ?!
ON RENTRE À LA MAISON !!
C'EST IMPOSSIBLE !
IL N'Y A PLUS DE BATEAU ?!
Plus de traversée pour la journée
IL Y A UN SEUL BATEAU PAR JOUR.
LE TÉLÉPHONE PORTABLE NE PASSE PAS ICI.
On a entièrement réservé l'île, alors nous sommes seuls.
VOUS, LES GOKURAKUIN, VOUS AIMEZ BIEN VOUS ISOLER DE LA TERRE FERME...

CE N'EST PAS GRAVE ! ALLONS PRIER POUR UN ACCOUCHEMENT FACILE !!
YÛGA A LUI AUSSI ENVIE D'UN ENFANT, ALORS ÇA TOMBE BIEN !
ON VA PRIER POUR QUE MA GROSSESSE SE PASSE BIEN !
ON VA VISITER L'ÎLE...
ET APRÈS, ON VA FAIRE UN ENFANT !
♡♡♡
Elle se fait encore des films ?
LORS DU VOYAGE DE NOCES, J'ÉTAIS TROP TENDUE. MAIS MAINTENANT, ÇA VA.
ET NOTRE AMOUR A GRANDI DEPUIS...
FAISONS DE NOTRE MIEUX, YÛGA.
DE QUOI TU PARLES ?
MONSIEUR ET MADAME GOKURAKUIN !

JE VOUS ATTENDAIS.
VENEZ VITE AU TEMPLE PRINCIPAL.
?!
VOUS ÊTES ?
JE SUIS INUCHIYO, LE FILS DU PRÊTRE DU TEMPLE INUKO.
MADAME VOTRE MÈRE NOUS A CONTACTÉS. JE SUIS VENU VOUS CHERCHER.
TOUTES MES FÉLICITATIONS POUR VOTRE GROSSESSE !
HEIN ? C'EST QUE...
ALLEZ ! VENEZ !
TOUT EST PRÊT POUR LA CÉRÉMO-NIE.
UNE... CÉRÉMO-NIE ?
JE DEVRAIS LUI PRÉCISER QUE JE NE SUIS PAS ENCEINTE...
OUI ! C'EST UNE CÉRÉMONIE POUR UN ACCOUCHE-MENT FACILE !
ALLEZ ! APRÈS VOUS !
POUSSE POUSSE
POUSSE POUSSE

VOICI LE DIEU DU TEMPLE INUKO : SEIGNEUR CHIEN !
GRRRRRRR
IL A L'AIR DE TRÈS MAUVAISE HUMEUR !!
Je les ai amenés, seigneur Chien !
GRRRR
UNE CÉRÉMONIE ?
OUI !
VOUS DEVEZ TOUS LES DEUX CARESSER LA TÊTE DU SEIGNEUR CHIEN ET FAIRE UNE PRIÈRE.
HORS DE QUESTION ! IL VA NOUS MORDRE.
NE VOUS INQUIÉTEZ PAS. IL EST TRÈS DOUX.
IL EST EN TRAIN DE VOUS MORDRE !
Vous n'avez pas mal ?
CROC
C'EST VRAI QU'AUJOURD'HUI, IL EST UN PEU DE MAUVAIS POIL.
"UN PEU" ? COMMENT EST-IL D'HABITUDE ?
COMMENT FAIRE ?
J'adore les chiens. Mais celui-là a l'air agressif...
JE CROIS QUE C'EST MORT…
J'AI L'IMPRESSION QUE …

LE SEIGNEUR CHIEN…
EST FÂCHÉ CONTRE MOI.
FST
もぞっ
Que vous arrive-t-il ?
COUIII!!
Il était là ?
MONSIEUR ENTRE-SINGE ?!
UN… UN SINGE ?!
ILS SE DISPUTENT …
C'EST MAUVAIS SIGNE…
OUAF
KSSSSS
OUAF

NON ! MON-SIEUR ENTRE-SINGE !
VENEZ PAR ICI, SEI-GNEUR CHIEN !
GRRR
HM!
TAAAP
!!
SEI...
TAP
TAP
TAP
TAP
TAP
TAP
SEI... SEIGNEUR CHIE-EEN ...
...
DOOOn
JE... JE SUIS DÉSO-LÉE, INUCHIYO ...
J'IGNORAIS QUE M. ENTRE-SINGE ÉTAIT AVEC NOUS.
NE VOUS EN FAITES PAS... IL PARAÎT QUE LES CHIENS ONT UNE FACULTÉ NATURELLE À REVENIR CHEZ EUX.
C'est Nanba, le chien dans "Koi-bana", qui l'a dit.
Heureuse-ment, on est sur une île. Il n'ira pas loin.

GRR
VOUS...
VOUS AVEZ COMMIS UNE FAUTE GRAVE !!
HIII !
VOUS ÊTES VENUS AVEC UN ANIMAL. QUI PLUS EST UN SINGE !
VOUS NE MÉRITEZ PLUS LA CÉRÉMONIE !!
QUOI ?
OH NON !
SI ON NE LA FAIT PAS, ÇA M'ARRANGE.
MAIS JE VAIS ALLER QUAND MÊME CHERCHER LE CLEBS.
YÛGA ?!
DE TOUTE FAÇON, TU N'ES MÊME PAS ENCEINTE.
!

ET MOI, JE NE VEUX PAS DE GAMIN.
BOBOM
HEIN ?
COMMENT ?
QU'EST-CE QUE ÇA VEUT DIRE ?
TU M'AS DIT QUE TU VOULAIS UN ENFANT...
MAIS NON !
JE N'AI JAMAIS DIT LES CHOSES DANS CE SENS-LÀ !
?
JE T'EX-PLIQUE !

Il passe à l'offensive
JE NE VEUX PAS D'ENFANT, MAIS JE VEUX FAIRE DES CHOSES COCHONNES !
LES HOMMES SONT COMME ÇA.
QUEL ...
QUEL NUL !!!
C'EST INCONVENANT !!
COMMENT OSES-TU TENIR DE TELS PROPOS DANS UN LIEU SACRÉ ?!
T'ES GONFLÉE !
C'EST TOI QUI M'AS POUSSÉ À LE DIRE !
SILENCE.
JE N'AI QUE FAIRE...
DE VOS SCÈNES DE MÉNAGE.

VOUS NE CORRESPONDEZ PAS À L'ESPRIT DE CETTE ÎLE.
DÈS QUE VOUS AUREZ RETROUVÉ SEIGNEUR CHIEN...
JE VOUS PRIE DE REPARTIR AU PLUS VITE !!
COM-MENT ...
On a basculé dans le manga d'horreur ?
EN EST-ON ARRIVÉS LÀ ?!
Seigneur Chien !
Au pied, le chien !
ON ÉTAIT CENSÉS VISITER L'ÎLE ET ACHETER DES SOUVENIRS ...
SNIF
SNIF
SNIF
M. Entresinge ne participe pas.
PFIT!
Sur un arbre
ET LA NUIT...
Ça se passe comme sur l'île aux singes.
"JE VEUX FAIRE DES CHOSES COCHONNES !"

YŪGA ! QUEL DÉGOÛTANT ! N'A-T-IL AUCUN RESPECT POUR LA CÉLÉBRATION DE L'AMOUR ?
...
OUAF
!
HAH HAH HAH HAH
CHIEN
LE...
LE CHIEN !!!
C'est le même ?
HÉ ! ATTENDS !
C'est dur de courir en socques.
SEI-GNEUR CHIEN !
TAP TAP TAP TAP TAP TAP TAP TAP TAP
Il n'est plus de mauvaise humeur ?
Hm ? On joue à chat ?
?!
UNE GROTTE ?!

AH !
CRIIIII
GRAP
H... !
WUUUUM
AH !
FRR
AH...
FRR
AAAAH !
FRR
BOUM
AÏE...
HMM ...
OÙ EST SEIGNEUR CHIEN ?
OUAF ?
IL VA BIEN.
TANT MIEUX !
LE TROU EST PROFOND ...

VRAIMENT…
HOP !
ON NE PEUT PAS COMPTER SUR VOUS.
OH ! INUCHIYO !
Comment nous avez-vous trouvés ?
BRR
J'AI ENTENDU LA VOIX DE SEIGNEUR CHIEN.
DÉPÊCHE-TOI DE NOUS SORTIR DE LÀ.
IMPOSSIBLE !
IL N'Y A PERSONNE D'AUTRE QUE MOI SUR CETTE ÎLE POUR LE MOMENT.
Je ne pourrai pas vous hisser seul.
COMMENT ?!
JE VOUS LAISSE. C'EST L'HEURE DU REPAS DE SEIGNEUR CHIEN.
Pose-moi !
Je veux marcher !
HÉ ! ATTENDS !
CE SOIR, LE BATEAU DU TEMPLE ARRIVERA. JE REVIENDRAI AVEC DES ADULTES.
AU FAIT…
CETTE GROTTE EST RÉPUTÉE POUR ÊTRE HANTÉE…
NYARK
HA HA HA HA HA !
COMMENT ÇA, "HANTÉES" ?
POSE PAS DE QUESTION !!

C'EST QUOI, C'T ENDROIT ?
C'est immense, en plus...
ON NE DOIT PAS SE PERDRE. NE NOUS ÉLOIGNONS PAS D'ICI.
JE VAIS DORMIR.
Je suis épuisé.
HEIN ? ATT...
OUAH !!
FWAAH
...
JE...
JE SUIS DÉSOLÉE.
ATTENTION OÙ TU METS LES PIEDS.
REGARDE, T'AS LE VISAGE TOUT SALE.
FRT
FRT
JE TE RENVOIE LE COMPLIMENT, YÛGA.

...
GRAB
CE GENRE DE CHOSE...
TU TROUVES ÇA INCON-VENANT, AUSSI ?
!
NON... PAS SPÉCIA-LEMENT.
JE SUIS SIMPLE, TU SAIS.
TOUT CE QUE JE VEUX...

C'EST POUVOIR TE TOUCHER DAVANTAGE.
EST-CE SI INCONVE-NANT ?
...
DIT DE CETTE FAÇON ...
...
TU NE VOUDRAS ... JAMAIS D'ENFANT, YÛGA ?

...
CE N'EST PAS QUE JE N'EN VEUX PAS.
J'AI JUSTE PEUR.
JE N'AI PAS BEAUCOUP DE SOUVENIRS DE MON PÈRE.
JE NE SAISIS PAS BIEN...
EN QUOI CONSISTE LE RÔLE DE PÈRE.
ALORS, JE MANQUE DE CONFIANCE EN MOI...
POUR AVOIR UN ENFANT.
JE NE SAURAI PAS QUOI FAIRE.
MAIS ...

C'EST NORMAL DE NE PAS SAVOIR !
TU N'ES PAS ENCORE PAPA !
EUH... JE NE DISAIS PAS ÇA DANS CE SENS-LÀ.
MOI NON PLUS, JE NE SUIS PAS SÛRE DE DEVENIR UNE BONNE MÈRE.
MAIS JE CROIS QUE C'EST PAREIL POUR TOUT LE MONDE.
C'EST SÛR...
N'EST-CE PAS ?

ALORS ...
POUR NOUS AUSSI...
JE ME DIS QUE ÇA IRA !
...
POUR TOI, LES CHOSES ONT L'AIR TELLEMENT SIMPLES...
Comme lors du feu d'artifice.
HEIN ?

MÊME EN Y RÉFLÉCHISSANT, IL EST TROP TÔT POUR AVOIR UN ENFANT.
!!
Cette fois...
JE PIONCE.
Fin de la discussion.
QUOI ?
YŪGA...
EST-CE QUE ÇA LE TOURMENTAIT ?
C'EST VRAI QU'IL EST INUTILE DE SE PRESSER.
ON FAIT ENCORE DES ÉTUDES.
JE VAIS ATTENDRE QUE YŪGA EN AIT ENVIE AUSSI.
MAIS JE NE PEUX M'EMPÊCHER...
D'ÊTRE UN PEU DÉÇUE...

"JE SUIS SIMPLE, TU SAIS.
TOUT CE QUE JE VEUX...
C'EST POUVOIR TE TOUCHER DAVANTAGE."

EST-CE QUE ÇA VEUT DIRE QUE...

Oh !
Vous êtes trop mignon, Seigneur Chien !
Vous avez dû avoir peur.
Tout va bien, maintenant.
...
CROC
AAH!
Cercle vicieux

Mademoiselle se marie
INDICE DE BONHEUR
46

MADEMOISELLE SE MARIE ETC.

Cette fois, ce sont ces deux-là en couverture. ☆

Je vais vous raconter quelques anecdotes à leur sujet.

Ma précédente éditrice les appréciait beaucoup. Elle les surnommait "Utsubaki".

Avant de commencer la série, on montre une grille de présentation des personnages. Utsugi n'était pas présent dans cette grille !!

Il n'était même pas dans le story-board du 3e chapitre !!

Il est apparu aux ébauches du 3e chapitre. J'ai eu envie qu'un garçon fasse la paire avec Tsubaki. Je l'ai dessiné en toute hâte. Je suis gênée de vous dire ça vu qu'apparemment, il a beaucoup de succès.

3 jours avant la remise des planches.

Quand le chapitre 1 a été publié dans le magazine, Tsubaki avait les cheveux blancs. J'hésitais pour sa couleur de cheveux. Sur l'illustration couleur, ils ont tous les deux des cheveux chatoyants (rires).

Dans la grille de présentation des personnages, il y avait Setsuna, le professeur Renjô, Hime et Miju. Tsubaki avait un caractère et un physique complètement différents.

Elle
arlait
en
inau-
dant.

Je crois qu'elle était comme ça.

Sinon, sur la couverture, ce sont des muguets de Chine.

OUAF
CHIEN
SEIGNEUR CHIEN…
VOUS ÊTES PRÉ-OCCUPÉ…
PAR LA GROTTE OÙ SONT TOMBÉS LES GOKURAKUIN ?

POUR UN ACCOUCHEMENT FACILE

MON PÈRE ET LES AUTRES VONT BIENTÔT ARRIVER. ON IRA LES SECOURIR.
MAIS ÇA FAIT DÉJÀ UN MOMENT QUE CE LIEU VOUS INTRIGUE.
QU'Y A-T-IL LÀ-BAS ?

JE...
SOUS LE COUP DE L'ÉMOTION !
JE L'AI EMBRASSÉ PENDANT QU'IL DORMAIT !!!
Même si ce n'est que sur la joue.
EN FAIT...
MOI AUSSI, J'AI ENVIE...
DE LE TOUCHER DAVANTAGE...

"JE VEUX TE TOUCHER DAVANTAGE."
TU PENSES AUSSI LA MÊME CHOSE QUE MOI, YÛGA ?
DANS CE CAS ...
JE...
CLANG
?!
QU'EST-CE QUE C'EST ?

SS
SS
CRR
YÛ... YÛGA ! RÉVEILLE-TOI.
HEIN ?
QUELQUE CHOSE ARRIVE DU FOND DE LA GROTTE.
"QUEL-QUE CHOSE" ?
"CETTE GROTTE EST RÉPUTÉE POUR ÊTRE HANTÉE..."
!!
C'EST PEUT-ÊTRE CE DONT NOUS A PARLÉ INUCHIYO ...
HEIN ?!
CRR
QUOI ?! QUE VEUX-TU QUE CE SOIT ?!
JE N'EN SAIS RIEN ! "QUELQUE CHOSE" !
D'ACCORD, MAIS...
HÉ ! NON ! N'AP-PROCHE PAS...

AU SE-
COURS !
...
DOOOn
SALE
CHIEN
IL N'EST
PAS DU TOUT
EFFRAYANT
!!!
IL FAIT
PLUTÔT
DE LA
PEINE
!!
Il est tout sale !

CE CHIEN... IL EST DE LA MÊME RACE QUE LE SEIGNEUR CHIEN ?
CHIEN
MAIS IL A L'AIR PLUS ÂGÉ, NON ?
IL EST SALE ET SON POIL EST TOUT RÊCHE.
C'EST LUI QUI EST À L'ORIGINE DE LA RUMEUR DONT NOUS A PARLÉ INUCHIYO ?
GRAOO
HIII !
IL EST AGRESSIF, EN FAIT !
TAP
MON SAC !
ATTENDS !
QU'EST-CE QUI SE PASSE ?!
TAAAP

AUJOURD'HUI, ON N'ARRÊTE PAS DE COURIR APRÈS DES CLÉBARDS.
!
C'EST ...
UN SANCTUAIRE.
IL EST ENSEVELI SOUS LES GRAVATS.
IL EST EN MAUVAIS ÉTAT.
GRAT
GRAT
QUOI ? TU VEUX DÉTERRER QUELQUE CHOSE ?
QU'Y A-T-IL D'ENSEVELI ?

VLAAAN
ARGH
KOF !
...
YÛGA... CE SONT ...
Un bébé en bonne santé
DES AMULETTES POUR UN ACCOUCHEMENT FACILE.
Un bébé e
bonne sa
FLAP FLAP
OUAF
CHIEN
JE SUIS SÛRE QUE CE CHIEN ...
EST UN SEIGNEUR CHIEN DU TEMPLE INUKO !
TU TROUVES PAS QU'IL A L'AIR CONTENT ?

IL DOIT VEILLER SUR CE SANCTUAIRE QUI A ÉTÉ ABANDONNÉ POUR UNE RAISON INCONNUE…
POUR PROTÉGER LES AMULETTES ET FAIRE EN SORTE QUE LES VŒUX DES GENS PUISSENT ÊTRE EXAUCÉS.
TU ES REMARQUABLE, SEIGNEUR CHIEN !! C'EST TRÈS BIEN !
C'EST SÛR QUE SI C'ÉTAIT VRAIMENT LE CAS, CE SERAIT INCROYABLE.
REGARDE, YÛGA !!
DES PERSONNES DIFFÉRENTES ONT TOUTES FAIT LE MÊME VŒU.
CERTAINES SONT VENUES DE LOIN… D'AUTRES SONT PASSÉES IL Y A TRÈS LONGTEMPS.
C'EST BEAU.
TOUT LE MONDE PRIE POUR LE BONHEUR DE L'ENFANT QUI ARRIVE.

...
JE VAIS DEVENIR PÈRE ! JE SUIS UN NOVICE, MAIS JE FERAI DE MON MIEUX !
JE PRIE POUR ÊTRE UN BON PARENT.
PUISSE NOTRE FAMILLE ÊTRE HEUREUSE !
...
YÛGA ?

GLOUPS
!
OH ! LES VOILÀ !!
BROU HAHA
BROU HAHA
OUAF OUAF
!!
QUE SE PASSE-T-IL ?
CHIEN
NOUS SOMMES VENUS VOUS CHERCHER !
MAIS...
IL Y A DEUX SEIGNEURS CHIENS ?!
CHIEN

GRR
CHIEN
Monsieur Entresinge !
AAH...
NE...
NE VOUS DISPUTEZ PAS !
Père ! C'est...
Incroyable ! C'est Seigneur chien !
TEMPLE INUKO
PÈRE ET FILS ?
Il a été lavé. →
CHIEN
CHIEN
VOILÀ POURQUOI ILS SE RESSEMBLENT.
LE MÊME CARACTÈRE AUSSI.
Ils ont le même pelage et le même tablier.
REGARDEZ-LES, ALORS QU'ILS SE DISPUTAIENT TOUS LES TROIS ENCORE TOUT À L'HEURE !
HA HA !
ON DIT QUE LES CHIENS ET LES SINGES NE S'ENTENDENT PAS. C'EST SOUVENT PARCE QU'ILS VEULENT IM-PRESSIONNER L'AUTRE. UNE FOIS HABITUÉS, ÇA VA.
ON S'ENTEND BIEN ! ET ALORS ?

POURQUOI LE PÈRE CHIEN ÉTAIT-IL SEUL DANS LA GROTTE ?
EH BIEN …
AVANT, LE SANCTUAIRE ÉTAIT L'ENDROIT OÙ L'ON VENAIT PRIER POUR UN ACCOUCHEMENT FACILE.
GUIDÉS VERS LE SANCTUAIRE PAR LE SEIGNEUR CHIEN, LES VISITEURS VENAIENT Y DÉPOSER LEUR AMULETTE.
CEPENDANT, IL Y A SIX MOIS, L'ÉDIFICE A ÉTÉ ENSEVELI LORS D'UN ÉBOULEMENT.
C'ÉTAIT COMPLIQUÉ DE LE RES-TAURER.
ALORS NOUS L'AVONS LAISSÉ TEL QUEL.
ET NOUS AVONS CONÇU UNE NOUVELLE CÉRÉMONIE.
CELLE OÙ ON CARESSE LA TÊTE DU SEIGNEUR CHIEN.
PUIS…
IL Y A ENVIRON UN MOIS, LE PÈRE DU SEIGNEUR CHIEN A DISPARU.
ET C'EST SON FILS AÎNÉ QUI LUI A SUCCÉDÉ.

NOUS AVONS CHERCHÉ SON PÈRE DANS TOUTE L'ÎLE, MAIS IL ÉTAIT INTROUVABLE.
JE N'AURAIS JAMAIS IMAGINÉ QU'IL ÉTAIT AU SANCTUAIRE.
JE VOUS REMERCIE BEAUCOUP.
AHEM,
OH ! CE N'EST RIEN...
SEIGNEUR CHIEN...
EN FAIT, VOUS ÉTIEZ À LA RECHERCHE DU SANCTUAIRE...
...
NON, CE N'EST PAS ÇA, MONSIEUR LE PRÊTRE.
HEIN ?
LE SEIGNEUR CHIEN ESSAYAIT DE DÉTERRER LES AMULETTES.
JE CROIS QU'IL S'INQUIÉTAIT DU FAIT QUE LES AMULETTES ÉTAIENT ENFOUIES SOUS LES GRAVATS.

CAR IL S'AGIT DE PRÉCIEUSES PRIÈRES...
CHIEN
AUBERGE IN
AUJOURD'HUI, ON A BEAUCOUP COURU.
JE SUIS RAVIE QU'ILS AIENT DÉCIDÉ DE DÉTERRER LE SANCTUAIRE. ♡
ET PUIS, INUCHIYO NOUS A PARDONNÉ. ALORS NOUS AUSSI, ON POURRA ALLER PRIER POUR UNE BONNE GROSSESSE. ♡

MÊME SI POUR CELA, IL FAUDRA ATTENDRE LA FIN DES TRAVAUX.
C'EST DOMMAGE. NOUS DEVONS DÉJÀ RE-PARTIR DEMAIN MATIN ...
AH !
...
...
J'OUBLIAIS QUE POUR YÛGA, CETTE PRIÈRE NE REPRÉSENTAIT RIEN...
QUAND IL ME DIT QU'IL NE VEUT PAS D'ENFANT ...
C'EST COMME S'IL REFUSAIT DE CONCEVOIR UN AVENIR AVEC MOI.
MAIS IL SOURIAIT, CET APRÈS-MIDI. IL CHANGERA SÛREMENT D'AVIS.

UN JOUR, PEUT-ÊTRE...
ON N'AURA QU'À REVENIR...
LE JOUR OÙ TU SERAS VRAIMENT ENCEINTE.

HEIN ?
HEIN ?
POM ピョン
POM ピョン
EN FAIT ...
APRÈS AVOIR DISCUTÉ AVEC TOI, JE ME DIS QUE CE N'EST PEUT-ÊTRE PAS SI COMPLIQUÉ.
DANS L'IMMÉDIAT, CE N'EST PAS POSSIBLE. ON EST ENCORE AU LYCÉE.
MAIS...
UN JOUR.

HÉ HÉ !
ÇA ME FAIT PLAISIR.
HU HU ! ♡
QUOI ? TU ES BIZARRE.
JE SAIS, MAIS BON♡...
IL Y A RÉFLÉCHI...
SÉRIEUSEMENT.
AARF
ON DORT ?
DÉJÀ ? IL EST PLUS TÔT QUE D'HABITUDE, NON ?
Il n'est que 20 H...

ET ALORS ?
À MOINS QUE TU VEUILLES CONTINUER CE QUE TU AS COMMENCÉ CET APRÈS-MIDI ?
FFF...
....
Cet...
après-midi ?
ぼん
BOM
TU... TU...
TU ÉTAIS RÉVEILLÉ ?!
OUI. MAIS ÇA N'A SERVI À RIEN QUE JE FASSE SEMBLANT DE DORMIR.
IL NE S'EST PAS PASSÉ GRAND-CHOSE.
HIIII !
Nooon !
Oh là là !
J'AI TROP HONTE !!!
がばっ
VBAF

JE PLAISANTE.
ÇA M'A FAIT PLAISIR.
JE SUIS CONTENT QUE TU VIENNES VERS MOI.
AU DÉBUT, J'EN VOULAIS DAVANTAGE.
MAIS, AU FOND, CE N'EST PAS SI GRAVE.
JE VAIS ATTENDRE ...
QUE TU SOIS PRÊTE.

CLIC カチ
ON FERAIT MIEUX DE DORMIR.
DEMAIN, TU VEUX VISITER L'ÎLE, NON ?
FRSH
ALLEZ... BONNE NUIT.
...
NON ...

CE N'EST PAS LA PEINE...
D'AT-TENDRE.

CAR...
MOI AUSSI ...
JE RESSENS LA MÊME CHOSE QUE TOI, YÛGA.
À suivre...

QUOI ?
Ça s'arrête là ?!
...
Veuillez patienter encore un peu...

MADEMOISELLE SE MARIE
HISTOIRES -7- TSUBAKI & UTSUGI
LES DEUX JEUNES SERVITEURS DE LA FAMILLE GOKURAKUIN ...
SE SONT RENCONTRÉS IL Y A CINQ ANS.
À LA PÉRIODE QUI FLEURE BON L'OSMANTHUS.
VOICI UTSUGI. IL SERA AU SERVICE DE SETSUNA À PARTIR DE CETTE ANNÉE.
TSUBAKI...
TU L'AIDERAS S'IL A DES QUESTIONS, D'ACCORD ?
UTSUGI, 9 ANS
ENCHANTÉ(E).
TSUBAKI, 10 ANS

Première impression
...
ELLE FAIT PEUR ...
IL A L'AIR BÊTE ...
IL EST SOURIANT, ÉNERGIQUE ET MIGNON.
JE SUIS SÛRE QUE TU T'ENTENDRAS AVEC LUI. JE SUIS RAVIE POUR TOI, SETSUNA.
SI TU LE DIS... GRANDE SŒUR.
ÉCOLE DES SERVITEURS IWAKAGAMI
BIM
TSUBAKI EST IMPRESSIONNANTE.
ELLE A VAINCU CINQ PERSONNES D'AFFILÉE.
EN PLUS, ELLE EST BONNE ÉLÈVE.
ON VOIT BIEN QU'ELLE EST AU SERVICE DES GOKURAKUIN...
À L'ENTRAÎNEMENT

AH, MAIS OUI ! C'EST VRAI QUE LORSQUE L'HÉRITÈRE DES GOKURAKUIN ATTEINT L'ÂGE DE 13 ANS...
UN DES MEILLEURS ÉLÈVES DE NOTRE ÉCOLE EST CHOISI POUR ENTRER À SON SERVICE !
PLUS TARD, LA PERSONNE CHOISIE DEVIENDRA LA GOUVERNANTE DES GOKURAKUIN, C'EST ÇA ?
LA FAMILLE DE TSUBAKI EST À LEUR SERVICE DEPUIS DES GÉNÉRATIONS. C'EST UNE GRANDE FAMILLE.
MAIS ...
ELLE N'EST NI SOURIANTE NI AIMABLE.
JE PLAINS LA DEMOISELLE POUR QUI ELLE TRAVAILLE.
GWIP
"IL EST SOURIANT, ÉNERGIQUE ET MIGNON."

"JE SUIS SÛRE QUE TU T'ENTENDRAS AVEC LUI.
JE SUIS RAVIE POUR TOI."
TIENS !
M. SETSUNA A ENCORE LAISSÉ SON PLAT.
JE SUIS DÉSOLÉ. IL DIT QU'IL N'A PAS FAIM.
IL NE QUITTE PAS SON LIT.
ON PENSAIT QU'IL SE RENFORCERAIT AVEC TON ARRIVÉE.
MADAME COMPTAIT BEAUCOUP LÀ-DESSUS.
OH ! PARDON !
JE FERAI DE MON MIEUX.

IL SOURIT TOUJOURS À TOUT LE MONDE.
IL NE SAIT FAIRE QUE ÇA, NON ?
IL Y A DES ÉLÈVES BIEN PLUS BRILLANTS QUE LUI. IL VIENT D'UNE FAMILLE ORDINAIRE.
S'IL A ÉTÉ CHOISI POUR SERVIR LE FILS DES GOKURAKUIN, C'EST PARCE QU'ILS ONT PENSÉ QU'IL S'ACCOMMODERAIT DU CARACTÈRE DIFFICILE DE CE DERNIER.
MAIS IL N'A PAS LA CARRURE POUR LE SERVIR.
FSSS
あっ

!
TSU... TSUBAKI.
TU N'ES PAS EN COURS ?
ET TOI ?
...
ÇA T'ARRIVE AUSSI DE SÉCHER LES COURS, TSUBAKI ?
HA HA !
C'EST LA PREMIÈRE FOIS DE MA VIE.
MAIS MAINTENANT QUE TU ES LÀ, TOUT EST GÂCHÉ.
TSS...
DÉSOLÉ.
ÇA SENT BON L'OSMANTHUS.
AU DÉBUT, J'ÉTAIS SURPRIS DE VOIR QUE LES FLEURS ÉTAIENT SI PETITES.
MAIS...
QUAND ON S'APPROCHE DE TROP PRÈS, LE PARFUM EST UN PEU DÉSAGRÉABLE.

CEUX QUI S'E APPRO CHENT ...
EN SENTANT SON PARFUM DE LOIN SONT SÛREMENT DÉÇUS DE TROUVER DE SI PETITES FLEURS.
ON DIRAIT QUE...
C'EST ...
QU'EST-CE QUE TU RA-CONTES ?
CES PETITES FLEURS SONT ADO-RABLES
ÇA NE CHANGE RIEN AU FAIT QU'ELLES DÉGAGENT UN PARFUM AGRÉABLE.
SI LES GENS S'IMAGINENT DES CHOSES ET SONT DÉÇUS, C'EST LEUR PROBLÈME.
TSU-BAKI ...
SEULE-MENT ...

ELLES FANENT TROP VITE. C'EST DOMMAGE.
ELLES N'ATTIRENT PAS LES PAPILLONS NON PLUS.
ELLES NE FONT QUE FLEURIR.
SANS JAMAIS PLAIRE...
C'EST JUSTEMENT ÇA QUI EST BIEN !
ELLES SE CONCENTRENT SUR LEUR FLORAISON.
ÇA ME PLAÎT. JE TROUVE ÇA CLASSE.
QUAND ELLES FANENT, LES FLEURS TOMBÉES AU SOL SONT BELLES.
ELLES NE CHERCHENT PAS À SÉDUIRE LES PAPILLONS.

…
DING
DONG
OH ! LA SONNERIE.
TU VAS RESTER ICI TOUTE LA JOURNÉE ?
NON.
JE RETOURNE EN CLASSE.
L'ARBRE …
IL EST ENCORE LÀ.
Je n'étais pas revenu dans le jardin de l'école primaire depuis mon diplôme.
SES FLEURS FANENT TOUJOURS AUSSI VITE.
SON PARFUM EST AUSSI FORT QUE SES FLEURS SONT PETITES …

MAIS …
C'EST JUSTEMENT ÇA QUI EST BIEN.
TU L'IGNORES SÛREMENT…
Oh ! On est en retard !!
On était juste censés prendre un raccourci !!
MAIS CE JOUR-LÀ…
TU M'AS SAUVÉ(E).
Fin

POSTFACE

Le temps passe si vite. Le volume 7 est déjà fini. Comment l'avez-vous trouvé ?
Il commence à y avoir beaucoup de personnages. L'histoire annexe de ce tome était la plus longue et la plus difficile à dessiner. (Le nombre de pages de l'histoire annexe est décidé en fonction des pages de l'histoire principale.) J'avais envie de raconter ce passage. Mais je n'en aurais pas eu l'occasion dans l'histoire principale. Alors, je suis contente. En ce qui concerne le personnage de Tsubaki, il y a plein de choses qui ont déjà été établies à son sujet. Alors, j'aimerais la faire apparaître davantage dans la série. Certains d'entre vous encouragent l'amour entre Tsubaki et Utsugi. Je réfléchis à cet aspect aussi. J'ignore si je pourrai le dessiner dans l'histoire principale. Mais je ferai mon possible.

L'histoire commence à devenir complexe. Je vais demander aux deux personnages principaux de faire de leur mieux ! Je serais heureuse que vous continuiez à veiller sur eux. À bientôt !!

23 octobre 2009 Megumi Hazuki

REMERCIEMENTS

* Megumi Hana
* Yoko Kasumi
* Sakura
* Takahashi Chiroru
* Haru Aozora
* Mikana
* Aisa Sugimoto
* Mon éditrice Junjun
* Les personnes de la rédaction
* Le designer
* Ma famille et mes amis
* Les personnes qui ont aidé à la publication
* Et vous, qui avez ce volume entre les mains !

Pour les commentaires : → Site Internet officiel de Margaret :
http://margaret.shueisha.co.jp
J'ai un blog, la cabane de hazuki :
http://hazmegkoya.blog111.fc2.com

See You Again

OJOSAMA WA OYOMESAMA.

First published in Japan in 2007
by SHUEISHA Inc., Tokyo.
French translation rights in France
and French-speaking Belgium,
Luxembourg, Switzerland and Canada
arranged by SHUEISHA Inc.

French edition in 2013 by KAZÉ

ADRESSE 45 rue de Tocqueville 75017 Paris
SITE INTERNET www.kaze-manga.fr

DIRECTEUR ÉDITORIAL
Raphaël Pennes

TRADUIT DU JAPONAIS PAR
Misato Raillard
SUPERVISION ÉDITORIALE
Yumena Miyanaga

SUPERVISION GRAPHIQUE
Clémence Perrot
LETTRAGE & MAQUETTE
Digital Manga

DESIGN
din

Achevé d'imprimer
en CE en mars 2013
Dépôt légal : Avril 2013